21272.

Ye.

ÉPITRE

A MON HONNEUR,

SATIRE POLITIQUE

IMITÉE DE BOILEAU.

———

Oui, c'est toi, mon honneur, à qui je veux parler.
D'où vient ce noir chagrin qu'on te voit exhaler?
De ton altière humeur, ma patience endure
Depuis quatre ans entiers, le fatiguant murmure.
A-t-on flétri ta gloire, insulté ta vertu?
Viens, parle sans détour; réponds-moi : que veux-tu?
A t'entendre expliquer tes visions sinistres,
Tonner contre les lois, gourmander les ministres,
Douter de leur génie au *Moniteur* vanté,
Et menacer d'un choc la légitimité,
On croirait que la France a, par des injustices,
Récompensé ta foi, payé tes sacrifices;
Et qu'à ses ennemis, les conseillers du Roi
Versent l'or, les faveurs qui n'étaient dus qu'à toi.

Mais moi qui, dans le fond, sais bien ce qu'il faut croire,
Qui, des nobles proscrits, par cœur connais l'histoire,
Qui les vis promenant et par vaux et par monts,
Leur stérile vaillance et leurs pas vagabonds ;
Je ris quand des malheurs d'un exil volontaire,
Tu viens rendre et la France et son Roi tributaire.
Quand, en faveur du trône, exaltant tes hauts-faits,
Je te vois du Monarque assiéger les bienfaits ;
Et fatiguant ses yeux de ta triste misère,
Accuser hautement son ingrat ministère.

Mais chut ! point de clameurs, point tant de cris perdus.
Venons au fait ; produis tes titres prétendus.

« Persécuté, dis-tu, par une secte infâme,
« Des Bourbons détrônés je suivis l'oriflame ;
« Et du pur royalisme, en vingt climats divers,
« Je promenai vingt ans l'exemple et les revers.
« Rien n'a pu m'arrêter ; fière et noble victime,
« Inébranlable appui du pouvoir légitime,
« On m'a vu, de Louis partout suivant les pas,
« Languir dans l'infortune, et braver le trépas. »
D'accord : le trait est noble ; et dès long-temps la gloire
En grava le récit au temple de mémoire.
Pour les grands, pour la cour tu t'es sacrifié ;
Mais n'as-tu pas des grands l'honorable pitié ?
Mais le cœur de ton Roi, dans sa sollicitude,
N'est-il donc pas, pour toi, brûlant de gratitude ?
Quel retour plus flatteur, quels sentimens plus beaux
Pouvaient donc espérer ton zèle et tes travaux ?

Pour ton loyal amour, pour tes nobles prouesses,
De Cyrsin, de Cédase attends-tu les largesses ?
A ta cause étrangers, ces ministres nouveaux,
Ont-ils jamais connu ni toi ni tes drapeaux ?
Ils marchaient triomphans, au nom de *la Patrie*
D'où t'avait exilé la révolte en furie,
Quant tu marchais vaincu sous l'étendard du Roi
Que poursuivait le meurtre et proscrivait la loi.
Feront-ils, à ta voix, rentrer dans la poussière,
Les parchemins brillans du nouveau nobiliaire,
Le sceau des majorats et des principautés,
Et les titres pompeux des héros patentés ;
Tandis que, pour toi seul, au mépris de la Charte,
Vivra, de tes aïeux, la gothique pancarte,
Que des siècles d'erreurs sottement respectaient,
Et que, depuis mille ans, les vers se disputaient ?
Quand des héros parés de leurs palmes guerrières,
Qu'on vit, pour dix partis, vaincre sous dix bannières,
Maintenant pour ce Roi, qu'ils ont tant combattu,
Vantent leur jeune amour et leur zèle impromptu ;
Quand ces Brutus d'hier, aujourd'hui ducs ou princes,
Sous leur autorité partagent nos provinces,
Faudra-t-il leur ravir un aussi doux emploi,
Restreindre leur pouvoir ? pour en parer qui ? toi !
Toi, qui pour étendard, sans reproche et sans tache,
Des enfans de Henri pris l'éclatant panache ;
Qui ne servis qu'un maître, et dont la loyauté
N'a combattu qu'au champ de la fidélité ?

Quel prix peuvent avoir, auprès du ministère,
Tes lauriers apportés d'une rive étrangère,
Quand il a sous les yeux, pour combattre tes droits,
Des Chirgou, des Sutol les modernes exploits?
Peux-tu te comparer à Voudast, à Danvamme;
A l'adroit Torpalis, qu'un pieux zèle enflamme;
A l'Harpagon des camps, au riche Manessa,
Chargé des lauriers d'or que sa gloire entassa;
Au prudent Locincourt, d'obligeante mémoire,
Dont le sang des Condé consacrera la gloire?
Et tant d'autres héros dont, à regret, je tais
Les parjures heureux et les brillans forfaits.
Ne les as-tu pas vus pleins de morgue et d'audace,
Au temple où tu régnais s'instaler à ta place?
Tandis que dévoués, fidèles et punis,
Châteaubriand, Bertier, Vaugiraud, Mahonis,
Et l'éloquent Fitz-Jame, et Bétisy *quand même*,
Dépouillés de leur rang et frappés d'anathème,
S'éloignent à l'aspect de ce nouvel HONNEUR,
De leurs droits et des tiens, habile usurpateur.
Sais-tu pas qu'à moins d'être un Monmar, un Pasquire,
Toujours prêts à servir le Royaume ou l'Empire,
Il te faut résigner, quels que soient les travaux,
A céder la victoire à de si grands rivaux,
Et cacher désormais, au fond d'une province,
Des jours long-temps voués au service du Prince.
La raison veut souvent, pour sauver les États,
L'union des partis, l'oubli des attentats.

Tel qui, du régicide, au front portait la marque
Vint s'asseoir sans rougir au conseil du Monarque ;
Et la clémence alors, put, sans mal gouverner,
Se voir trahir deux fois, et deux fois pardonner.

    «Soit, diras-tu : qu'un prince incapable de feindre,
« Se livre à l'ennemi dont il a tout à craindre;
« Soit : il est magnanime, il est beau le pardon
« Que provoqua deux fois un coupable abandon :
« Mais la justice a droit d'enchaîner la puissance,
« D'arrêter la bonté, de borner la clémence;
« Sur tant de trahisons pourquoi tant de faveurs,
« Quand sur moi, sur les miens s'épuisent les rigueurs?
 * « Quoi ! défenseur trente ans et vengeur de mes maîtres,
« Cédase, dans les fers, me place au rang des traîtres!
« Chapdelaine a-t-il donc pris, de la trahison,
« Dans les camps vendéens, l'esprit et le poison?
« Et de quel droit celui que sa loyauté blesse
« Plonge-t-il au cachot son infirme vieillesse?
« Pourquoi vois-je entraîner au pied des tribunaux,
« Ces nobles écrivains qui vouaient leurs travaux
« A servir le Monarque, à lui-montrer l'abîme
« Ouvert pour engloutir le pouvoir légitime?
« Tandis qu'impunément, prospèrent dans Paris
« Des pamphlets dangereux, de scandaleux écrits;
« Et que la trahison, au nom *de la Patrie,*
« Infecte la tribune ou souille la pairie. »
Il se peut; mais pourquoi ta sotte loyauté,
Des agens du pouvoir blessant la vanité,

Refuse-t-elle encor d'exalter leur prudence,
De proclamer en eux les sauveurs de la France?
Républicains long-temps, mais aujourd'hui royaux,
Que t'ont fait et Cyrsin, et Tarbante, et Lartaux?
D'où vient qu'imprudemment tu franchis la limite
Qu'au royalisme *pur* leur sagesse a prescrite?
Et dans l'excès du zèle où ton cœur s'égara,
Pourquoi méritas-tu le sobriquet d'*ultrà?*
Si les cachots obscurs de Sainte-Pélagie
Ne peuvent de ta plume arrêter l'énergie,
Cesse, pour ton repos, de médire et blâmer.
A l'instar *d'un Normand* (1), que l'on voit s'escrimer
Dans l'art si lucratif de souffler l'anarchie,
Attaque, comme lui, les grands, la monarchie;
Des agens qui du Prince exercent le pouvoir,
Proclame la sagesse, et vante le savoir.
Raconte à l'univers, qu'un jour leur tolérance
Au régicide ouvrit les portes de la France.
Dis-nous : « Sols a plongé Mazarin dans l'oubli;
« Ser est un Daguesseau; Cédase est un Sully;
« Voudast dans nos camps fait revivre Turenne;
« Ory, Colbert d'un jour, a traversé l'arène;
« Et l'élite et la fleur de notre ancien sénat,
« Versent tous leurs talens dans nos conseils d'Etat. »
    Pour célébrer ton nom, si tu prétends paraître
Dans ces écrits légers que chaque jour voit naître,

_____

(1) Les *Lettres normandes.*

Ne vas pas sottement, affichant ta vertu,
Marcher sous le drapeau déployé chez Dentu,
Ni du *Conservateur*, embrassant la doctrine,
Prétendre de la Charte arrêter la ruine.
De l'*Ultrà* garde-toi de grossir le format,
De vouloir qu'à l'autel on rende son éclat,
Et d'armer tes discours de ces erreurs grossières
Dont s'indigne et rougit le siècle des lumières.
Tel que Benoît, de Blair, tu te verrais alors
Expulser des conseils, et fermer les trésors.
Pour guide prends plutôt, prends en main la *Boussole*;
Le *journal Général* t'offre une bonne école;
Et si tu peux, par grâce, en obtenir l'accès,
Le Commerce à ta plume offrira des succès;
D'un puissant favori, porte au *journal des Maires*
Le magnifique éloge orné de commentaires.
Libre et tranquille alors, opulemment renté
Sur la taxe des jeux, sur l'amour patenté,
Tu pourras sous Mainvile, utile à la patrie,
Partager les lauriers qu'offre la librairie;
Et de ce banc fameux, fatal à maint auteur,
Où tu fus accusé, paraître accusateur.

    Blessé de mes conseils, déjà je t'entends dire :
« Au rang des novateurs, qui, moi j'irai m'inscrire;
« A ce même poteau j'irai placer mon nom
« Où l'on voit s'afficher Sotist, Tiennet, Canston !
« Avant qu'à nos neveux les fastes de la France
« Portent sur leurs feuillets une telle alliance,

« On verra s'accoupler et marcher en troupeau ,

« Près du tigre le daim, le loup près de l'agneau.

« Et l'aigle au vol altier, à la serre cruelle,

« Fixera près de lui la colombe fidèle.

« Non, jamais dans ses rangs le parti novateur,

« Ne verra jusque là se dégrader l'honneur ! »

L'honneur ! vieux préjugé, vaine et triste fumée,

Il a perdu, chez nous, son prix, sa renommée ;

L'esprit réformateur dès long-temps l'a banni.

Ose-t-il se montrer ? par-tout il est honni.

Abandonne, crois-moi, de la chevalerie,

Ce gothique étendard dont on fait raillerie ;

La gloire de nos jours, c'est l'or, c'est le pouvoir ;

Voilà, crois-moi, voilà l'honneur qu'il faut avoir.

D'un hymen dégradant, irrésistible organe,

C'est par lui qu'un Chéfou s'unit aux Lastecane,

Et qu'assis, en passant, au sénat d'un pervers,

Jaunilais, aujourd'hui, siége au milieu des pairs.

« Arrête, me dis-tu ; un jour viendra peut-être,

« Où, vainqueur, sur mon trône on me verra paraître,

« Couronner mes héros dans mes fastes inscrits,

« Et proscrire à mon tour ceux qui nous ont proscrits.

Ah ! tout beau, mon honneur ; ton aristocratie

S'appuierait-elle encor sur quelque prophétie ?

Et perçant l'avenir, avec des yeux d'Argus,

Ne renait-elle, hélas ! que dans Nostradamus ?

« Pourquoi pas ; réponds-tu d'un ton qui prête à rire ;

« Souvent, dans le passé, le futur se fait lire ;

« Vit-on pas l'homme tigre, un jour dans son sénat,

« Disparaître au moment d'un nouvel attentat,

« Et tombant sous le fer qu'aiguisa sa vengeance,

« Céder à Tallien le sceptre de la France?

« Où sont ces directeurs, cruel quintumvirat,

« Qui ravageaient l'Europe et dévoraient l'État?

« Où sont-ils, ces héros? les vit-on pas naguère,

« Au souffle des consuls rentrer dans la poussière?

« Vit-on pas, de consuls un couple adulateur,

« Saluer, en mourant, leur confrère Empereur?

« Et lui-même, pour qui, dans la légende noire,

« On vint chercher un nom ronflant comme sa gloire,

« Ce grand Napoléon, que la Corse engendra,

« En puissance, en forfaits incomparable *ultrà*,

« L'a-t-on pas vu tomber, ce merveilleux Protée,

« Et, cloué sur son roc, moderne Prométhée,

« Portant au fond du cœur ses remords pour vautours,

« En regrets superflus consumer ses longs jours?

« De Marat, dont la cendre en quelque égout repose,

« Les murs du Panthéon virent l'apothéose.

« De la révolte enfin promoteurs odieux,

« Près de lui reposaient bien d'autres demi-dieux;

« Si Mirabeau, Jean-Jacque, accouplés à Voltaire,

« Souillaient en s'étonnant le même sanctuaire,

« Que sont-ils devenus? Par leurs adorateurs,

« De leur temple arrachés, poursuivis de clameurs,

« Ces idoles d'un jour, dont le peuple se joue,

« Du haut de leurs autels sont tombés dans la boue.

« Du temple de l'honneur, tels sans doute à leur tour,

« Les fiers usurpateurs seront bannis un jour;

« Trop heureux dans l'oubli d'ensevelir leurs crimes,

« Et de céder la place à mes droits légitimes.

« En attendant ce jour, où l'humble pauvreté

« Obtiendra d'un ciel pur un rayon d'équité,

« Le royaliste a vu, loin du toit de ses pères,

« Le mépris et l'outrage accroître ses misères;

« Il souffre même encore tous les maux d'un proscrit;

« Sa famille est sans pain, et son fils est conscrit:

« Il comptait ses châteaux...Pour ressource dernière,

« Que ne lui reste-t-il l'abri d'une chaumière! »

Pourquoi donc, mon honneur, sur de légers abus,

Répandre, en larmoyant, des regrets superflus?

Si n'écoutant jadis que ta noble boutade,

Des loyaux émigrés je suivis la croisade,

Pour le trône et l'autel, crois-tu qu'impunément,

Put éclater ainsi ce fol emportement?

Et Roberspierre alors eût-il comme un Auguste,

Vécu pour être bon, régné pour être juste,

Pouvait-il s'abstenir d'usurper mes châteaux,

D'adopter mes fermiers, de percevoir mes baux;

Et même en punissant, clément et débonnaire,

D'exercer les vertus d'un héros populaire?

Du peuple souverain, l'auguste majesté

Pouvait-elle autrement payer la loyauté?

Et lorsque de mon Roi, proscrit par la révolte,

Je suivais l'étendard, crois-tu que ma récolte,

D'un soin patriotique, entassée en dépôt,
Dût former pour ma cause un royal entrepôt?
  « Je consens, diras-tu, qu'en ces jours sanguinaires,
« Sur tes biens la révolte ait pris ses honoraires ;
« Et que d'un trait d'honneur, faisant un attentat,
« On ait saisi ta terre et cru servir l'Etat.
« Mais bannis avec toi, lorsque la Providence
« Daigne rendre aux Bourbons et leur trône et la France,
« Se peut-il qu'un ministre, à d'autres comme à toi,
« Fasse payer si cher l'honneur d'aimer son Roi ?
« Dois-tu, courbant le front devant mainte Excellence,
« Végéter dans l'oubli, languir dans l'indigence ;
« Et pour être fidèle au sang de saint Louis,
« Livrer à la misère et ta femme et tes fils ? »
Je comprends, mon honneur ; il faudrait à t'entendre,
A nos seigneurs nouveaux injustement reprendre
Ces hôtels somptueux, ces châteaux et ces champs,
Qu'a payés leur civisme en assignats comptans ;
Et par maints démentis insultant à la Charte,
De nos droits réformés nous rendre la pancarte.
Il faudrait qu'en mes mains on remît d'Ambacrès,
La fortune superbe et les brillans palais.
Privé, dans son réduit, des besoins de la vie,
Aux trésors de Chéfou le malheur porte envie ;
Et tu meurs de dépit si près de Siévoicour,
On ne me voit siéger au conseil de la Cour.
Que parle-tu d'aïeux, d'enfans et d'héritage ?
Peut-on laisser aux siens un plus noble partage,

Que l'obscur abandon, l'illustre pauvreté
Acquise au champ d'honneur par la fidélité?
Disons donc à ce fils, conscrit du premier rôle,
Qui d'un lourd havresac charge sa jeune épaule,
Et le mousquet en main, sert sous un maréchal
Qu'on vit sous moi jadis tambour ou caporal :
Un émigré, mon fils, mangeant à la gamelle,
Ne peut payer trop cher l'honneur d'être fidèle ;
Cyrsin t'a fait soldat, c'est moi qu'il veut punir ;
Tu serais général, si j'avais su trahir ;
Ou peut-être le sort, t'entraînant vers le pôle,
Eût du manteau royal orné ta noble épaule.
Mais quand la loyauté cède à la trahison,
Au vainqueur, le vaincu doit payer sa rançon.
Va servir sous des chefs dont l'illustre courage,
Des enfans de Henri déchira l'héritage,
Au maître du croissant alla ravir Corfou,
Et fit trembler les Czars jusqu'aux murs de Moscou.
Sois toujours à ton Roi, sois toujours à la France.
Borne enfin tes désirs à cette récompense ;
Et mourant dans l'oubli, laisse aux tiens quelque jour,
La misère, seul fruit de ton stérile amour.

« Et bien, soit, je me rends ; de ta triste infortune,
« L'aspect blesse les yeux, et la voix importune.
« Des malheurs dont le sort se plut à t'accabler,
« Sans même oser gémir, il te faut consoler.
« Tu suivis les Bourbons, voilà, voilà ton crime ;
« On t'a ravi tes biens : rien de plus légitime.

« Pour un bal invité par son maître nouveau,

« Va donc, sans murmurer, danser dans ton château,

« Et t'asseoir à sa table, et nourrir ta misère,

« Des vins de tes celliers, et des fruits de ta terre.

« Pour ton Roi, si ton bras a trente ans combattu,

« Loin de voir dans cet acte un élan de vertu,

« De la rébellion, les consuls, les ministres

« T'ont justement frappé de leurs décrets sinistres :

« Du Prince qu'en tout lieu ton amour a suivi,

« Qu'ont célébré tes chants, que ton bras a servi,

« Les sages conseillers ont droit de méconnaître

« Les maux que tu souffris pour cet auguste maître :

« Avec toi, j'en conviens. Au sein des Pays-Bas,

« Lorsque, dans les cent jours, accompagnant ses pas

« Pour la seconde fois ton zèle téméraire

« Vint partager encor sa fortune contraire,

« Cet élan fut blâmé par de justes raisons ;

« On lui marqua sa place au rang des trahisons ;

« Et Cyrsin fit sur toi, rentrant dans ta patrie,

« Rejaillir les faveurs d'une heureuse amnistie.

« Quand sur des étrangers rebelles à leur Roi,

« On verse des bienfaits qu'on te refuse à toi,

« De bon cœur, j'applaudis au plan d'un ministère

« Si libéral pour eux, et pour toi si sévère.

« Cédase, en bon chrétien, s'attendrit sur ton sort ;

« Il m'en souvient, ton crime a mérité la mort ;

« A qui t'a pardonné ta plainte est une injure ;

« Il faut donc dans nos cœurs, étouffant tout murmure

« Et par le bien qu'on fait cicatrisant nos maux ,

« Dire à l'Europe entière , avec nos libéraux :

   « Il est faux qu'en tout lieu la morale s'énerve ;

« Que l'âme de Marat respire en *la Minerve.*

« Sur ceux qui des Bourbons partageaient les malheurs,

« Il est faux qu'à torrent on verse les rigueurs ;

« La France, avec respect, voit dans son ministère,

« Des talens, des vertus l'éminent caractère ,

« Et l'esprit jacobin, s'il renaît triomphant,

« N'est qu'un tigre au berceau, qui n'a rien d'effrayant.

« Des conseillers du Roi, la sagesse profonde ,

« Dans ses projets nouveaux, tend au bonheur du monde.

« Pour lui servir d'appui, tel qu'on vit autrefois

« Le Corse armer ses ducs et fabriquer ses rois ,

« Les grands régulateurs de notre destinée ,

« Ont de six fois dix pairs enfanté la fournée.

« Leur zèle pour leur Roi sut tout mettre à profit,

« Et l'homme des cent jours, et le guerrier proscrit,

« Et faisant un appel aux rives de la Loire,

« Epuiser les couleurs du prisme de la gloire,

« La raison les conduit ; leur sévère équité

« Poursuit la trahison , soutient la loyauté,

« Et grâce à leur justice, en tout si manifeste,

« UNE PAUVRETÉ NOBLE EST TOUT CE QUI NOUS RESTE (1).

_____

(1) Vers de *Zaïre.*

FIN.

IMPRIMERIE DE J. G. DENTU.

www.ingramcontent.com/pod-product-compliance
Lightning Source LLC
Chambersburg PA
CBHW061444170626
46811CB00005B/2364